AF234196

Vᵉ RENOU, MAULDE ET COCK

IMPRIMEURS DE LA COMPAGNIE DES COMMISSAIRES-PRISEURS

rue de Rivoli, 144.

Succession de M. EUDE, dit MICHEL

QUATRIÈME VENTE

TABLEAUX

ANCIENS

HOTEL DROUOT, SALLE N° 2

Le Lundi 8 Décembre 1873

A DEUX HEURES

EXPOSITION PUBLIQUE : le Dimanche 7 Décembre 1873

Mᵉ DELBERGUE-CORMONT | MM. DHIOS ET GEORGE
COMMISSᵉⁱʳᵉ-PRISEUR | EXPERTS
Rue de Provence, 8. | Rue Le Peletier, 33.

PARIS — 1873

EXEMPLAIRE DE DHIOS

CATALOGUE

DE

TABLEAUX

ANCIENS

Des Écoles française, flamande, hollandaise
et italienne

FAISANT PARTIE DE LA SUCCESSION

De M. EUDE, dit MICHEL

ET DONT LA VENTE AURA LIEU

HOTEL DROUOT, SALLE N° 2

Le Lundi 8 Décembre 1873

A DEUX HEURES

Me DELBERGUE-CORMONT, Commissaire-Priseur,
rue de Provence, 8,

Assisté de **MM. DHIOS** et **GEORGE**, Experts, rue Le Peletier, 33.

EXPOSITION PUBLIQUE

Le Dimanche 7 Décembre 1873, de 1 heure à 5 heures.

PARIS — 1873

CONDITIONS DE LA VENTE

Elle aura lieu au comptant.

Les Adjudicataires paieront CINQ POUR CENT, en sus des adjudications.

DÉSIGNATION

ANSELMI

1 — Jupiter, sous la figure de Diane, séduit Calisto.

ARTOIS (J. Van)

2 — Paysage : Site boisé avec cours d'eau.
Beau tableau du maître.

BASSAN

3 — Travaux champêtres. Deux pendants.

BELLINI (École de)

4 — La Vierge, l'enfant Jésus et deux saints.

BERRÉ

5 — Lièvre suspendu par les pattes.

BERTIER (1816)

6 — Le Jugement de Pâris.

BERTIN

7 — Paysage, de style historique.

BILCOQ (L..)

8 — Vieille Femme avec binocle.

BOURDON (S.)

9 — Repos de la sainte Famille.

BONINI (Girolamo)

10 — Le Christ mort, soutenu par des anges.

BON BOULLOGNE

11 — Groupe d'Amours.

BOQUET

12 — Le Passage du gué.

BOUCHER (École de)

13 — Portrait de jeune femme.

Aquarelle.

BREDÆL (Pierre Van)

14 — Animaux au repos près de ruines italiennes.

BREECKELINCAMP

15 — Les Marchands de fruits.

BREUGHEL

16 — Élie au désert.

BREUGHEL et ROTTENHAMER

17 — Paysage, Jésus et les disciples d'Emmaüs.

BRILL (Paul)

18 — Intérieur de forêt.

CALVERT (Denis)

19 — La Mise au tombeau.

CARRÉ (Michel)

20 — Pâturage.

CERQUOZZI (M.-A. des fruits)

21 — Deux Tableaux de fruits. Pendants.

CREPIN

22 — La Grotte et le Pont de pierre. Deux pendants.

CROOS

23 — Village entouré d'arbres.

CROOS

24 — Village au bord de la mer.

DEFRANCE DE LIÉGE

25 — Le Dégustateur.

DENON

26 — Ruines en Égypte.

DIETRICH

27 — Tête de rabbin.

DUVAL

28 — Villageois sur la lisière d'un bois.

DYCK (Attribué à Van)

29 — Mariage mystique de sainte Catherine.

ELZHEIMER (Adam)

30 — L'Adoration des Mages.

ELZHEIMER

31 — Saint Jérôme.

FRANCK. (Jérome)

32 — Le Portement de croix.

FRANCK et VAN KESSEL

33 — La sainte Famille. Médaillon entouré d'une guirlande de fleurs.

FYT (JOHANES)

34 — Trophée de gibier.

35 — Le Pendant.

GILLEMANS

36 — Guirlande de fruits à l'entrée d'un palais.

> Charmante qualité du maître.
> Signé en toutes lettres : Joan.-Paul Gillemans junior, fecit 1671.

GREUZE (D'après)

37 — L'Innocence.

GUARDI (Genre de)

38 — Vue de Venise.

GUIDE (École de)

39 — Le Sommeil de l'enfant Jésus.

HALLÉ

40 — L'Annonciation.

> Beau tableau, d'un coloris clair et agréable et d'une exécution facile.
> Signé en bas, à droite : Hallé, 1773.

HOLBEIN (École de)

11 — Portrait d'Érasme.

HUYSUM (Van)

— Paysage : le Repos des bergers.

KOBELL

— Vaches dans une prairie.

LACROIX

14 — Port de mer avec pêcheurs.

LAGRENÉE

15 — Les Soins maternels.

Une jeune mère allaite son enfant nu sur ses genoux.
Charmante production du maître.

LAHYRE (L. de)

16 — Présentation au Temple.

LANTARA (Attribué à)

17 — Paysage : Soleil couchant.

LECLERC (des Gobelins)

48 — Nymphes près de ruines.

LEFÉVRE (Claude)

49 — Portrait d'un magistrat.

LEGILLON

50 — Intérieur de hangar.

LEGRAND

51 — L'Amour au bord de l'eau.

LELY (Chevalier)

52 — Portrait d'un chef d'armée, à mi-jambes, revêtu de son armure.

LESUEUR

53 — Saint Paul à Ephèse.

Esquisse.

LINT (F. Van)

54 — Temple de la Sibylle.

LINT (F. Van)

55 — **Lavoir antique.**

Deux charmants tableaux d'un pinceau très-rendu dans tous les détails.

L. P. (Initiales)

56 — Marine.

MALTAIS

57 — Pâtisserie. Vases de fleurs, Tapis.

MARTIN

58 — Bataille du temps de Louis XIV.

MARTIN

59 — Portrait équestre de Louis XIV jeune.

MENGS (Attribué à R.)

60 — Portrait d'un prince d'Allemagne.

METZU (D'après)

61 — La Cuisinière.

MAYER (Mlle)

62 — Le Messager d'amour.

MEYNIER

63 — Mars et Vénus.

MICHALLON

64 — Petite Étude de paysage.

MICHAU

65 — Le Moulin à eau.

MICHEL

66 — Étude de plaine : Ciel orageux.

MOMPER

67 — Torrent au milieu de rochers.

MUSSCHER (Van)

68 — La Marchande de volailles.

ORIZZONTI

69 — Paysage italien.

OUDRY (École d')

70 — Chasse au cerf.

PALME (le jeune)

71 — Le Portement de croix.

PETIT (Signé P.-J.)

72 — Bestiaux.

PIAZZETTA

73 — Le Pouilleux.

POTTER (École de P.)

74 — Paysage, avec bestiaux au bord d'une rivière.

PRUDHON (Attribué à)

75 — Têtes d'étude.

P.-D. (Monogramme)

—76 — Fruits sur une table de pierre.

QUINCKHARD

—77 — Portrait de femme.

Signé et daté 1736.

RAPHAEL (D'après)

—78 — La belle Jardinière.

Ancienne copie; les figures sont en pied.

RAPHAEL (D'après)

—79 — La sainte Famille.

Tableau de forme ronde.

RAPHAEL (D'après)

—80 — La Vierge à la chaise.

RAPHAEL (D'après)

—81 — Portrait de Raphaël.

REMBRANDT (École de)

—82 — Tête d'homme coiffé d'un turban.

REMBRANDT (École de)

83 — Tête de vieille femme.

RESTOUT

84 — Intérieur d'atelier de peintre.

Belle esquisse.

RESTOUT

85 — La Naissance de Louis XV.

Esquisse.

ROMEYN (Van)

86 — Vache et Moutons dans une prairie.

RIGAUD (École de H.)

87 — Portrait d'homme.

RUBENS (École de)

88 — La Vierge et l'enfant Jésus.

RUYSDAEL (Attribué à S.)

89 — Ville fortifiée au bord de la mer.

RYCKAERT (D.)

90 — L'Opération.

SARRAZIN

91 — Site montagneux et boisé avec chevaux à l'a-
breuvoir.

SARTO (D'après Andréa del)

92 — La sainte Famille.

SASSO-FERRATO (D'après)

93 — Madone.

SCHALKEN

94 — Type de villageois.

SCHALL (Attribué à)

95 — Portrait de jeune femme.
Forme ovale.

SCHŒVAERDTS

96 — Port de mer, avec quantité de figurines.
Jolie qualité et bonne conservation.

SEELE (Signé), 1805

97 — Charge de dragons.

SOOLMACKER

98 — Halte de chasse.

STOCKLEIN

99 — Intérieur d'église.

STOOP (Thierry)

100 — Chasseur au repos et Chevaux dans une prairie.

TASSI (Agostino)

101 — Paysage, avec marche d'animaux.

TAUNAY

102 — Paysage italien avec figures.

Esquisse.

TÉNIERS (École de)

103 — L'Hiver.

TÉNIERS (D'après)

104 — Scène flamande.

TÉNIERS (Genre de)

105 — Intérieur flamand.

TOURNIÈRES (Attribué à R.)

106 — Portrait de Louis XIV.

107 — Portrait d'une Dame, même époque.

108 — Personnage historique.

VÉRONÈSE (D'après)

109 — Sujet tiré de l'histoire vénitienne.

110 — Sujet religieux.

VITELLI (G. Van)

111 — Vue de Naples.

ZORG

112 — Intérieur d'écurie.

ÉCOLE ALLEMANDE

113 — Roi et Reine de Pologne. Deux pendants.

ÉCOLE FLAMANDE

114 — Le Christ en croix.

115 — Le Buveur de bière.

116 — Paysage : Route avec moutons.

117 — La Vierge et l'Enfant Jésus.

118 — L'Assomption de la Vierge.

119 — Le Joueur de cornemuse.

ÉCCLE FLORENTINE

120 — La Vierge, l'Enfant et le petit saint Jean.

ÉCOLE FRANÇAISE

121 — Vue d'un faubourg de Paris.

122 — Marie Leczinska.

123 — Bacchante.

124 — Portrait d'une dame, représentée en peignoir, avec un enfant tenant un oiseau.

Ce portrait rappelle les œuvres de Chardin.

ÉCOLE FRANÇAISE

125 — Cavaliers. Deux pendants.

126 — Portrait de jeune femme en élégant costume.

127 — Femme nue surprise par un satyre.

ÉCOLE HOLLANDAISE

128 — Paysage avec troupeau et moutons au bord d'une rivière.

129 — Marine.

130 — Le Moulin d'eau.

Joli paysage, animé de petites figures qui semblent avoir été ajoutées par un artiste français, Demarne ?

131 — Personnage oriental.

ÉCOLE ITALIENNE

132 — La Vierge et l'Enfant.

Au revers, une peinture en grisaille.

133 — Portrait d'artiste.

Van Buggenhoudt, Maillot et Cois, impr. de la Compagnie des Commissaires-Priseurs, rue de Rivoli, 144.

RED. :

19

MIRE ISO N° 1
NF Z 43-007
AFNOR
Cedex 7 - 92080 PARIS-LA-DEFENSE

379.89.70
phicom

0 1 2 3 4 5 6 7 8 9 10

BIBLIOTHEQUE NATIONALE DE FRANCE

****

CHATEAU DE SABLE

1995